Este libro pertenece a:

This book belongs to:

....

Nota a los padres y a los tutores

Léelo tú mismo es una serie de cuentos clásicos, tradicionales, escritos en una forma sencilla para dar a los niños un comienzo seguro y exitoso en la lectura.

Cada libro está cuidadosamente estructurado para incluir muchas palabras de alta frecuencia que son vitales para la primera lectura. Las oraciones en cada página se apoyan muy de cerca por imágenes para ayudar con la lectura y para ofrecer todos los detalles para conversar.

Los libros se clasifican en cuatro niveles que introducen progresivamente más amplio vocabulario y más historias a medida que la capacidad del lector crece.

Note to parents and tutors

Read it yourself is a series of classic, traditional tales, written in a simple way to give children a confident and successful start to reading.

Each book is carefully structured to include many high-frequency words that are vital for first reading. The sentences on each page are supported closely by pictures to help with reading, and to offer lively details to talk about.

The books are graded into four levels that progressively introduce wider vocabulary and longer stories as a reader's ability grows.

Nivel 1 es ideal para niños que han recibido instrucción inicial en lectura. Cada historia está escrita de una manera simple, usando un pequeño número de palabras frecuentemente repetidas.

Level 1 is ideal for children who have received some initial reading instruction. Each story is told very simply, using a small number of frequently repeated words.

Características especiales:

Special features:

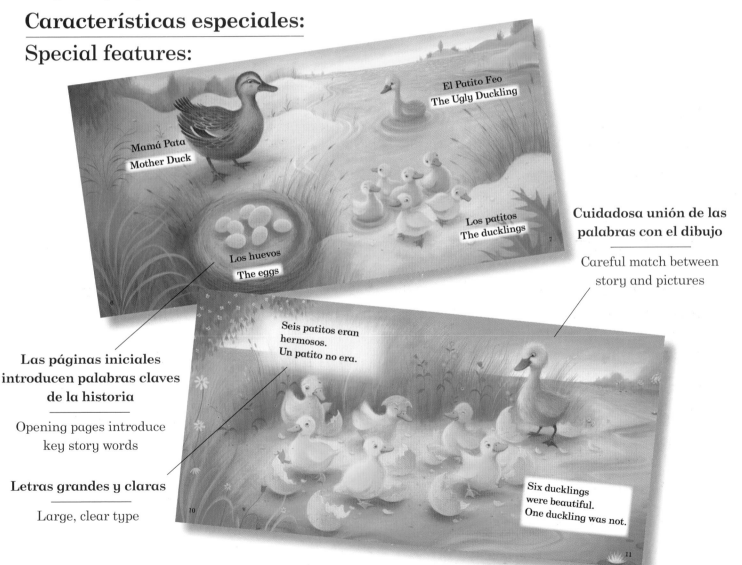

El Patito Feo
The Ugly Duckling

Mamá Pata
Mother Duck

Los patitos
The ducklings

Los huevos
The eggs

Cuidadosa unión de las palabras con el dibujo

Careful match between story and pictures

Las páginas iniciales introducen palabras claves de la historia

Opening pages introduce key story words

Letras grandes y claras

Large, clear type

Seis patitos eran hermosos.
Un patito no era.

Six ducklings were beautiful.
One duckling was not.

Educational Consultant: Geraldine Taylor

A catalogue record for this book is available from the British Library

Published by Ladybird Books Ltd
80 Strand, London, WC2R 0RL
A Penguin Company

001 - 10 9 8 7 6 5 4 3 2 1
© LADYBIRD BOOKS LTD MMX. This edition MMXII
Ladybird, Read It Yourself and the Ladybird Logo are registered or
unregistered trade marks of Ladybird Books Limited.

ISBN: 978-0-98364-500-9

Printed in China

El Patito Feo

The Ugly Duckling

Illustrated by Richard Johnson

Mamá Pata

Mother Duck

Los huevos

The eggs

El Patito Feo

The Ugly Duckling

Los patitos

The ducklings

Había una
vez siete huevos.

Once upon a time
there were seven eggs.

Seis patitos eran
hermosos.
Un patito no era.

Six ducklings
were beautiful.
One duckling was not.

"Tú eres muy feo",
dijo la Mamá Pata.
"Márchate".

"You are ugly,"
said Mother Duck.
"Go away."

El Patito Feo
encontró una vaca.
"Tú eres muy feo", dijo
la vaca. "Márchate".

The Ugly Duckling
met a cow.
"You are ugly,"
said the cow.
"Go away."

15

El Patito Feo
encontró un gato.
"Tú eres muy feo", dijo
el gato. "Márchate".

The Ugly Duckling
met a cat.
"You are ugly,"
said the cat.
"Go away."

El Patito Feo
encontró un conejo.
"Tú eres muy feo", dijo
el conejo. "Márchate".

The Ugly Duckling
met a rabbit.
"You are ugly,"
said the rabbit.
"Go away."

El Patito Feo
encontró un niño.
"Tú eres feo", dijo el
niño. "Márchate".

The Ugly Duckling
met a boy.
"You are ugly,"
said the boy.
"Go away."

El Patito Feo
encontró una niña.
"Tú eres feo", dijo
la niña. "Márchate".

The Ugly Duckling
met a girl.
"You are ugly,"
said the girl.
"Go away."

El Patito Feo
estaba solo.
Él estaba muy triste.

The Ugly Duckling
was all alone.
He was very sad.

Un día, el Patito Feo
vio unos bellos cisnes.
"Mire en el agua",
dijeron los cisnes.

One day, the Ugly Duckling
saw some beautiful swans.
"Look in the water,"
said the swans.

"Tú eres hermoso",
dijeron los cisnes.
"Ven con nosotros".
Y lo hizo.

"You are beautiful,"
said the swans.
"Come with us."
And he did.

¿Cuánto te recuerdes sobre la historia del Patito Feo? ¡Conteste estas preguntas y sabrás!

How much do you remember about the story of The Ugly Duckling? Answer these questions and find out!

¿Cuántos huevos hay en el nido?

How many eggs are there in the nest?

¿Qué le dicen todos al Patito Feo?

What does everyone tell the Ugly Duckling to do?

¿Qué ve el Patito Feo al mirar el agua?

What does the Ugly Duckling see when he looks in the water?

Mire a los dibujos del cuento y di la orden en los que deben ir.

Look at the pictures from the story and say the order they should go in.

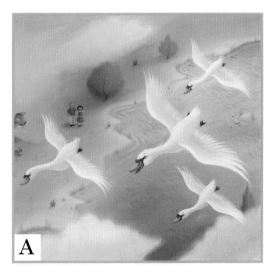

A

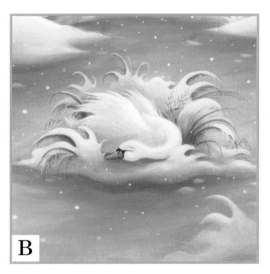

B

C

D

Léelo tú mismo con Ladybird
Read it yourself with Ladybird

Léelo tú mismo con Ladybird
Read it yourself with Ladybird — Nivel Level 1
El Patito Feo
The Ugly Duckling

Léelo tú mismo con Ladybird
Read it yourself with Ladybird — Nivel Level 1
La Cenicienta
Cinderella

Léelo tú mismo con Ladybird
Read it yourself with Ladybird — Nivel Level 2
Los tres cerditos
The Three Little Pigs

Léelo tú mismo con Ladybird
Read it yourself with Ladybird — Nivel Level 2
La Caperucita Roja
Little Red Riding Hood

Léelo tú mismo con Ladybird
Read it yourself with Ladybird — Nivel Level 3
Jack y los frijoles mágicos
Jack and the Beanstalk

Léelo tú mismo con Ladybird
Read it yourself with Ladybird — Nivel Level 3
Rapunzel
Rapunzel

Léelo tú mismo con Ladybird
Read it yourself with Ladybird — Nivel Level 4
El Mago de Oz
The Wizard of Oz

Léelo tú mismo con Ladybird
Read it yourself with Ladybird — Nivel Level 4
Blanca Nieves y los siete enanos
Snow White and the Seven Dwarfs

Coleccione todos los títulos en la serie.
Collect all the titles in the series.